Gilbert **Delahaye** ◆ Marcel **Marlier**

martine

et les quatre saisons

casterman

Martine

Joyeuse et curieuse, Martine adore s'amuser avec ses amis et son petit chien Patapouf. Ensemble, ils découvrent le monde et vivent de véritables aventures. Une chose est sûre : avec Martine, on ne s'ennuie jamais !

Jean

Patapouf

C'est le petit frère de Martine. Avec Jean, Martine se sent grande, et ça lui plaît beaucoup. En plus, tous deux s'entendent à merveille. Être grande sœur, c'est le bonheur !

Ce petit chien est un vrai clown ! Il fait parfois des bêtises… mais il est si mignon que Martine lui pardonne toujours !

Martine a reçu un joli cadeau pour le Nouvel An : un calendrier !

– C'est beau, dit Jean, mais à quoi ça sert ?

– À connaître les jours et les mois de l'année. Il y a une page par mois, et à chaque fois une nouvelle image. Tu vas voir…

Le premier mois s'appelle *janvier* et commence par le Nouvel An.

Noël vient de se terminer, on joue avec les cadeaux et le sapin
est toujours dans le salon.

– Bonne année ! crient les enfants.

– Et bonne santé ! ajoutent les parents.

Patapouf aboie comme pour dire : «Pas de doute, cette nouvelle année
sera fantastique !»

En *février*, il n'y a que vingt-huit jours… À croire que l'on veut
se débarrasser de l'hiver !

– Si on allait nourrir les oiseaux ? propose Jean. Ils doivent être
frigorifiés…

Les enfants donnent des graines aux rouges-gorges dans leur nichoir.

– Mangez bien ! recommande Martine. Ça vous réchauffera !

Mars, enfin l'arrivée du printemps !

– C'est le moment de planter des fraises et des tomates, dit Martine.
On les dégustera cet été !

– Je creuse des sillons avec le grand râteau, dit Jean.

– Moi, je répands les graines. Et, Patapouf, on compte sur toi
pour arracher les mauvaises herbes !

En *avril*, on fête Pâques. Il y a plein d'œufs en sucre et en chocolat cachés dans le jardin !

– J'en ai trouvé un énorme ! s'écrie Jean.

– On va se régaler ! se réjouit Martine. Mets ton œuf dans le panier, on le mangera au goûter avec Louise et Arthur.

C'est au mois de **mai** que tout fleurit. Le soleil est encore doux,
mais l'atmosphère est toute parfumée et la nature pleine de couleurs.

– Hum ! Ça sent bon ! murmure Martine. En plus, c'est joli ! Cet iris ira
très bien sur ma table de nuit.

– J'ai cueilli du muguet et puis des jonquilles pour la fête des Mères,
dit Jean. Ça fera une belle surprise à maman.

– Bonne fête, maman ! lancent les enfants dès qu'ils entrent dans la maison.

– Quel magnifique bouquet !

– Pour une fois, c'est toi qui reçois un cadeau ! fait remarquer Jean. N'empêche, vivement mon anniversaire que ce soit mon tour…

Juin... Voilà l'été !

– Il fait bien chaud ! s'écrie Martine. Les fleurs doivent avoir soif,
on va les arroser.

«Brrrr…» fait Patapouf en se secouant.

Il est tout mouillé ! À croire que sa maîtresse l'a pris pour une plante !

– D'ici, on voit toute la campagne ! dit Jean, perché dans le cerisier.

– Regarde plutôt mes boucles d'oreilles ! Je ressemble à maman ?

Tout en discutant, les enfants mangent des cerises. Dans le panier, il y a de quoi faire des tartes, des compotes, de la confiture… Enfin, sauf si Martine et Jean dévorent tout avant de rentrer à la maison !

Enfin le mois de *juillet*… Vive les vacances !

Toute la famille est partie camper à la montagne.

– Salut, les chèvres ! lance Jean. Vous vous êtes éloignées de votre troupeau pour venir nous voir ?

– Nous aussi, on aimerait vous garder, souffle Martine en riant. Mais un chien, un chat, plus trois chèvres : les parents ne voudront jamais !

Août, c'est le mois des récoltes.

Martine et Jean s'amusent parmi les bottes de blé.

– On dirait des cabanes de paille…

– Et c'est parfait pour jouer à cache-cache ! ajoute Jean en se faufilant dans le trou.

– Allez, je compte ! Un… deux… trois…

Déjà le mois de *septembre*…

Il fait encore bon dehors, mais on sent que l'automne approche.

Les feuilles commencent à roussir. C'est la fin des vacances.

– Juste au moment où le raisin mûrit… soupire Martine.

Pas de chance, j'aurais bien aimé être là pour les vendanges.

Ça y est, c'est la rentrée !

– J'ai hâte de retrouver mes copains ! dit Martine, sur le chemin de l'école.

– Moi, je me demande comment s'appellera ma maîtresse…

Mais les chiens ne sont pas admis à l'école… Alors, en **octobre**,
pendant que Martine est en classe, Patapouf se rend utile.
Il chasse les oiseaux qui picorent les graines semées par le fermier.
– Ouaf! Ouaf! Ouaf! aboie-t-il, comme pour dire : Ouste, les corbeaux!
Ce champ n'est pas votre cantine!

En **novembre,** le vent souffle et les feuilles tombent des arbres.

L'automne est bien là.

– Il y en a partout… constate Jean.

– Je ratisse et tu remplis la brouette. Ce sera vite fait !

Sauf que Patapouf ne rêve que d'une chose : courir et sauter

dans les tas de feuilles ! De quoi semer la pagaille à nouveau…

Voici **décembre**… Le retour de l'hiver.

– J'ai hâte d'être à Noël, dit Martine en contemplant les jouets.

Tu vas demander quoi, au Père Noël?

– Tout ce qu'il y a dans cette vitrine! répond Jean.

– C'est beaucoup trop! s'esclaffe Martine. Pourquoi pas ce petit
hélicoptère? Je parie qu'il est téléguidé…

Quelle année ! Il y a eu le printemps, l'été, l'automne, l'hiver…

– Toutes les saisons sont belles, conclut Jean. Mais la plus chouette, c'est l'hiver… parce qu'on peut faire des bonshommes de neige !

– Et bientôt, ce sera la nouvelle année. Il nous faudra un nouveau calendrier !

Retrouve **martine** dans d'autres aventures !

martine
au parc

martine
garde son petit frère

martine
fête son anniversaire

martine
jardine

martine
fait du vélo

martine
petit rat de l'opéra

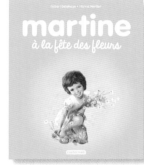

martine
à la fête des fleurs

martine
fait la cuisine

martine
apprend à nager

martine
est malade

martine
en vacances

martine
prend le train

martine
fait de la voile

martine
et le petit moineau

martine
et le petit âne

martine
fête maman

martine *en montgolfière*

martine *à l'école*

martine *découvre la musique*

martine *a perdu son chien*

martine *dans la forêt*

martine *et le cadeau d'anniversaire*

martine *et la sorcière*

martine *un mercredi pas comme les autres*

martine *la nuit de Noël*

martine *déménage*

martine *se déguise*

martine *et les chatons*

martine *et les lapins du jardin*

martine *à l'hôpital*

martine *baby-sitter*

martine *en classe de découverte*

Casterman
Cantersteen 47
1000 Bruxelles

www.casterman.com

ISBN : 978-2-203-11170-7
N° d'édition : L.10EJCN000562.C005

© Casterman, 2016
D'après les albums de Gilbert Delahaye et Marcel Marlier.
Achevé d'imprimer en mars 2018, en Italie.
Dépôt légal : mars 2016 ; D.2016/0053/92
Déposé au ministère de la Justice, Paris (loi n°49.956
du 16 juillet 1949 sur les publications destinées à la jeunesse).